सेरेन्डिपिटीज़ एम्ब्रेस - ए लव इन द सिटी

अतुल तिवारी

लेखक के बारे में

एमबीए स्नातकोत्तर और कॉर्पोरेट क्षेत्र में एक अनुभवी पेशेवर अतुल तिवारी ने कभी नहीं सोचा था कि वह एक दिन अपने विचारों को लिखने और मनोरम आख्यानों को गढ़ने की यात्रा पर निकल पड़ेंगे। एक औसत छात्र के रूप में अपनी विनम्र शुरुआत के बावजूद, अतुल के मन में कहानियां लिखने की कला और कविता की सुंदरता के प्रति एक जन्मजात जुनून था, एक लौ जो शहरी जीवन की जटिल टेपेस्ट्री को पार करते हुए उनके भीतर चुपचाप टिमटिमाती थी।

रूड़की, उत्तराखंड, भारत में जन्मे और दिल्ली, भारत में पले-बढ़े अतुल का प्रारंभिक जीवन शैक्षणिक गतिविधियों और शहर में रहने की दैनिक हलचल का मिश्रण था। जबकि कॉर्पोरेट जगत में उनके करियर के लिए तीव्र विश्लेषणात्मक कौशल और रणनीतिक सोच की आवश्यकता थी, अतुल को साहित्य की दुनिया में सांत्वना और अभिव्यक्ति मिली। उनकी शामें अक्सर अपनी नोटबुक में लिखने, कहानियाँ बुनने में बीतती थीं जो उनके द्वारा सामना की गई असंख्य भावनाओं और अनुभवों को प्रतिबिंबित करती थीं।

जैसे-जैसे अतुल की व्यावसायिक यात्रा आगे बढ़ी, वैसे-वैसे लेखन के प्रति उनका प्रेम भी बढ़ता गया। जो चीज़ एक निजी शौक के रूप में शुरू हुई वह जल्द ही एक पूर्ण जुनून में बदल गई। दोस्तों और परिवार द्वारा प्रोत्साहित किए जाने पर, जिन्होंने उनकी प्रतिभा को पहचाना, अतुल ने विश्वास की छलांग लगाई और अपनी कहानियों को दुनिया के साथ साझा करने का फैसला किया।

अतुल की लेखन शैली की विशेषता उसकी प्रामाणिकता और गहराई है। उनमें मानवीय रिश्तों की जटिलताओं, रोजमर्रा की

जिंदगी की बारीकियों और भावनाओं की सूक्ष्मताओं को पकड़ने की अद्भुत क्षमता है। उनकी प्रत्येक कहानी अपने आप में एक यात्रा है, जो पाठकों को अपने दिल और दिमाग की गहराइयों का पता लगाने के लिए आमंत्रित करती है।

लेखन के अलावा अतुल को कविता का भी शौक है। उनकी कविताएँ उनकी आत्मा का प्रतिबिंब हैं, जो पाठकों के साथ गहरे स्तर पर जुड़ती हैं। अपने शब्दों के माध्यम से, वह प्रेरित करना, विचार भड़काना और हम जिस दुनिया में रहते हैं, उसके बारे में आश्चर्य की भावना पैदा करना चाहते हैं।

आज, अतुल तिवारी अपने जुनून का पालन करने और रचनात्मकता को उसके सभी रूपों में अपनाने की शक्ति के प्रमाण के रूप में खड़े हैं। पाठकों से जुड़ने और अपने शब्दों के माध्यम से सार्थक प्रभाव डालने की इच्छा से प्रेरित होकर, उन्होंने लिखना जारी रखा है। चाहे गद्य के माध्यम से या कविता के माध्यम से, अतुल का काम उन लोगों के दिल और दिमाग पर एक अमिट छाप छोड़ता है जो इसका सामना करते हैं।

किताब के बारे में

"सेरेन्डिपिटीज़ एम्ब्रेस - ए लव इन द सिटी" पाठकों को एक ऐसी दुनिया में आमंत्रित करता है जहां भाग्य प्यार के साथ जुड़ा हुआ है, जहां गलतफहमियां समझ का मार्ग प्रशस्त करती हैं, और जहां कनेक्शन की लालसा अप्रत्याशित मुलाकातों में सांत्वना पाती है। इस कथा में, दो आत्माएं शहर की हलचल भरी सड़कों से होकर एक निश्चित "सुखद अंत" की ओर आकस्मिकता की सनक से निर्देशित होकर यात्रा पर निकलती हैं।

सारांश:

शहर के मध्य में, इसकी अराजकता और आकर्षण के बीच, हम ऐसे पात्रों से मिलते हैं जिनकी जिंदगी अप्रत्याशित तरीकों से मिलती है। जैसे-जैसे उनकी कहानियाँ सामने आती हैं, हम भावनाओं का नृत्य देखते हैं- प्यार, लालसा और खुशी की तलाश। भाग्य के मोड़ और संयोग के क्षणों के माध्यम से, अतुल तिवारी हमें मानवीय संबंधों की गहन सुंदरता और भाग्य की अप्रत्याशित प्रकृति का पता लगाने के लिए आमंत्रित करते हैं।

"सेरेन्डिपिटीज़ एम्ब्रेस - ए लव इन द सिटी" सिर्फ रोमांस की कहानी नहीं है; यह जीवन की जटिल टेपेस्ट्री का प्रतिबिंब है, जहां हर धागा, चाहे कितना भी महत्वहीन प्रतीत होता हो, हमारी नियति को आकार देने में महत्वपूर्ण भूमिका निभाता है।

पाठकों के नाम एक पत्र

प्रिय पाठक,

मुझे अपना परिचय देने की अनुमति दें। मेरा नाम अतुल तिवारी है, मैं एक भावुक व्यक्ति हूँ, जिसे कहानियों और कविताओं के लेखन के लिए लंबे समय से प्यार है।

एक व्यापक रूप से मान्यता प्राप्त लेखक नहीं होने के बावजूद, मैंने वर्षों से इस रुचि को पोषित करने के लिए खुद को समर्पित किया है। हालाँकि, समय की कमी के कारण, मुझे कभी भी अपनी रचनात्मक गतिविधियों का पूरी तरह से पता लगाने का अवसर नहीं मिला।

हाल ही में, एक महत्वपूर्ण घटना ने मुझे लेखन के प्रति अपने जुनून में डूबने के लिए कुछ अनमोल क्षण दिए। एक विशेष घटना से प्रेरित होकर, मैंने एक कहानी गढ़ना शुरू किया जो काफी समय से मेरे दिमाग में घूम रही थी। गति से उत्साहित होकर, मैंने इस कहानी को जीवंत करने की प्रक्रिया शुरू कर दी है, इस उम्मीद के साथ कि इसे एक स्थानीय घराने के साथ प्रकाशन के माध्यम से व्यापक दर्शकों के साथ साझा किया जाएगा।

जब आप इस प्रति को अपने हाथों में पकड़ते हैं, तो यह हमारे बीच के संबंध का प्रमाण है। चाहे आप मेरे दिल में

एक खास जगह रखते हों या आपने मेरे जीवन पर महत्वपूर्ण प्रभाव डाला हो, आपकी राय मेरे लिए मायने रखती है। मैं आपसे संपर्क कर रहा हूँ, इस कहानी पर आपकी अमूल्य समीक्षा और प्रतिक्रिया की तलाश में। आपकी अंतर्दृष्टि निस्संदेह मुझे अपने काम को निखारने और बेहतर बनाने में मदद करेगी।

कृपया अपने विचारों, सुझावों या आलोचनाओं के साथ मुझे ईमेल के माध्यम से *story.atul@gmail.com* पर संपर्क करने में संकोच न करें। इस यात्रा में आपके योगदान की बहुत सराहना की जाएगी। मेरे काम पर विचार करने के लिए समय निकालने के लिए धन्यवाद। मैं आपकी प्रतिक्रिया का बेसब्री से इंतजार कर रहा हूँ।

हार्दिक शुभकामनाएं,
अतुल तिवारी

विषय-सूची

प्रस्तावना

जीवन की ताने-बाने में, हर धागा अपनी कहानी बुनता है। कुछ दुनिया के साथ साझा करने के लिए होते हैं, जबकि अन्य हमारी अपनी समझ के लिए होते हैं। जब हमारी कहानी के ये दो संस्करण मिलते हैं, तो लेखक अपनी किताब के शुरुआती पन्ने पर अस्वीकरण लिखता है: ***"इस कहानी के सभी पात्र काल्पनिक हैं। इनका किसी जीवित या मृत व्यक्ति से कोई संबंध नहीं है।"*** यह छोटा सा झूठ पूरी कहानी को सच बना देता है। इन पन्नों के भीतर यात्रा शुरू करते समय इस धारणा को अपनाएँ, और आप पाएंगे कि कहानी अधिक स्पष्टता के साथ सामने आती है।

काफी समय से, मैं इस कहानी को लिखने के बारे में सोच रहा था, फिर भी समय की पाबंदियों ने मुझे अपने आराम क्षेत्र की सीमाओं के भीतर ही रखा। फिर, जैसे कि भाग्य द्वारा निर्देशित, एक क्षण आया जब मेरे दिल ने फुसफुसाया, 'जो करना है करो,"और उसी दिन, मैंने इस कहानी के पहले अध्यायों को बयान करना शुरू करने के लिए कलम उठाई। यह एक ऐसी कहानी है जो दो आत्माओं के इर्द-गिर्द घूमती है, जो प्यार, गलतफहमियों, लालसा और सुखद अंत ' की ओर ले जाने वाले रास्तों के संयोगपूर्ण अभिसरण की भूलभुलैया से गुज़रती है। जबकि व्यक्तिगत जीवन की पेचीदगियाँ संयोग या दुर्लभ भाग्य पर निर्भर हो सकती हैं, हमें याद रखना चाहिए कि यह एक कहानी है - कल्पना और भावना से बुनी गई एक टेपेस्ट्री।

इसे ऐसे ही रहने देना अच्छा है, क्योंकि कुछ सत्य केवल महसूस किए जा सकते हैं।

अब, आपकी कृपापूर्ण अनुमति से, मैं एक तरफ हट जाऊँगा और आपको **"सेरेन्डिपिटीज़ एम्ब्रेस -ए लव इन द सिटी "**की आकर्षक दुनिया में पूरी तरह से डूबने दूँगा। इस यात्रा में मेरे साथ जुड़ने के लिए धन्यवाद।

एलेक्स के चरित्र नोट्स:

1. नाम: एलेक्स टर्नर

2. उम्र: 28 वर्ष

3. शारीरिक विवरण: एलेक्स एक लंबा, पतला आदमी है जिसका युवावस्था में थोड़ा-सा लंबावत बनाव है। उसके काले, झुर्री और गहरे बाल, आत्मीय भूरी आँखें हैं। उसके चेहरे कुछ कोणीय हैं, जिससे वह एक विचारशील, आंतरदृष्टिपूर्ण रूप में प्रतीत होता है।

4. व्यक्तित्व गुण: संवेदनशील, आंतरदृष्टिपूर्ण, पछताया हुआ, दूसरे मौके की तालाश में, सतर्क, और भावनात्मक रूप से संरक्षित।

5. पृष्ठभूमि: एलेक्स एक मध्यवर्गीय परिवार में शिकागो में पला बड़ा है, जहां उसके माता-पिता के साथ सहायक संबंध थे। वह कॉलेज से शिक्षित है और वर्तमान में शिकागो शहर में ग्राफिक डिजाइनर के रूप में काम कर रहा है, पहले न्यूयॉर्क शहर में काम करता था।

6. प्रेरणाएँ: एलेक्स की प्राथमिक प्रेरणा अपने गुजरे हुए गलतियों के लिए लॉरेन के साथ चिर संबंध और पुनर्मिलन खोजना है, जिसे वह अब भी प्रेम करता है। वह उससे पुनः जुड़ना और समाधान करना चाहता है, आशा है कि उनका संबंध पुनः प्रज्वलित हो जायेगा।

7. दोष: एलेक्स असुरक्षा, स्वयं पर शंका, और अपने कार्यों की विचारधारा में दोबारा सोचने की प्रवृत्ति से जूझता है। वह निर्णय लेने में अनिश्चित और हिचकिचाने वाला हो सकता है, जिसने उसके लॉरेन के साथ संबंध के बिगड़ने में योगदान किया।

8. संबंध: एलेक्स का लॉरेन के साथ संबंध कहानी का केंद्रीय ध्यान है। उसके शिकागो में कुछ करीबी दोस्त हैं, लेकिन उसका सामाजिक वृत्तावली संतुलित है, क्योंकि उसने अपने गुजरे हुए समय पर ध्यान केंद्रित किया है।

9. चरित्र चक्र: एलेक्स का चरित्र चक्र स्वच्छंद, विकास, और प्रेम की पुनः खोज की है। लॉरेन के साथ उसके युगल मिलान से, उसे अपने भूत का सामना करना सिखाया गया, अपनी असुरक्षाओं को पार किया, और खुद को खुशी के एक दूसरे मौके की संभावना के लिए खोलने का अनुभव किया।

10. विशेषताएँ या आदतें: एलेक्स की एक आदत है कि वह उदासी में खिड़कियों के बाहर देखता है, विचारों में खोया हो जाता है। वह अक्सर अपने फोन के साथ झिझकता है, अक्सर लॉरेन की पुरानी तस्वीरों को देखता है।

11. वार्तालाप: एलेक्स का संवाद अक्सर आंतरदृष्टिपूर्ण और ध्यानविचारपूर्ण होता है, एक नरम, लगभग मेलंछोली पर बोलता है। वह 'मैं चाहता था कि मेरे पास ...' या 'अगर मेरे पास होता ...' जैसे वाक्यों का प्रयोग कर सकता है।

12. आंतरिक संघर्ष: एलेक्स का प्राथमिक आंतरिक संघर्ष लॉरेन के साथ फिर से जुड़ने की इच्छा और उसकी अस्वीकृति या आगे के दुःख का भय के बीच की लड़ाई है। उसे पछतावा, स्वायत्त संदेह, और अपने गुजरे हुए गलतियों को माफ करने की आवश्यकता के साथ लड़ना है।

लॉरेन के लिए चरित्र नोट्स:

1. नाम: लॉरेन पार्कर

2. उम्र: वर्ष

3. शारीरिक विवरण: लॉरेन एक लम्बी और पतली महिला है। उसके कंधे तक लंबे, लहराते भूरे बाल और आकर्षक काली आँखें हैं। उसकी विशेषताएं नाजुक और अभिव्यक्तिशील हैं, एक गर्म और आकर्षक मुस्कान के साथ।

4. व्यक्तित्व गुण: लॉरेन विचारशील, दयालु और सतर्क है। वह अपने संबंधों में ईमानदारी और मूल्यमानता को महत्व देती है। वह कभी-कभी अलग-अलग हो सकती हैं, लेकिन जब वह खुल जाती है, तो वह आत्मविश्वासी और आकर्षक होती है।

5. पृष्ठभूमि: लॉरेन एलेंटाउन में एक घनिष्ठ परिवार में पली बढ़ी। उसने कॉलेज में साहित्य पढ़ा और वर्तमान में न्यूयॉर्क सिटी में एक स्वतंत्र लेखिका के रूप में काम कर रही है, विभिन्न प्रकाशनों में योगदान करते हुए। उसके पिछले अनुभवों ने उसे दूसरों पर भरोसा करने में सावधान बना दिया है, लेकिन वह प्यार के संभावना को खोलने के लिए खुली रहती है।

6. प्रेरणाएं: लॉरेन के मुख्य लक्ष्य हैं कि वह अपने काम में संतोष पाए, अपने परिवार और मित्रों के साथ मजबूत संबंध बनाए रखें, और अंततः, एक मायने वाले रोमांटिक संबंध के संभावना को गले लगा सकें।

7. दोष: लॉरेन कभी-कभी अत्यधिक सतर्क हो सकती है, जो उसके पिछले संबंधों में गड़बड़ी का कारण बनता है। उसे आत्मसमर्पण में और चिंता और चोट खाने का डर है, जो कभी-कभी उसे भावनात्मक रूप से पीछे हटाने का कारण बनता है।

8. संबंध: लॉरेन का परिवार, विशेष रूप से उसके माता-पिता और बड़ी बहन के साथ घनिष्ठ संबंध है। उसके पास विश्वसनीय मित्रों का एक छोटा समूह है, लेकिन वह अपने पिछले अनुभवों के कारण गहरे रोमांटिक संबंध बनाने से संघर्ष करती है।

9. चरित्र चक्र: अपनी एलेक्स के साथ पुनः जुड़ाव के माध्यम से, लॉरेन को अपने डरों का सामना करना और प्यार के संभावना को खोलने का साहस मिलता है। वह एक परिवर्तन का अनुभव करती है, अधिक भीड़ से होती है और आखिरकार, खुद को खुशी के एक दूसरे मौके को गले लगाने का साहस पाती है।

10. विशेषताएँ या आदतें: लॉरेन को हर्बल चाय पीने का शौक है और अक्सर वह अपने साथ एक छोटी सी नोटबुक

लेकर चलती है ताकि वह विचार और अवलोकन नोट कर सके। उसकी एक आदत है कि जब वह गहरे विचार में होती है, तो अपने कान के पीछे बिखरे बालों को ताकती है।

11. वार्तालाप: लॉरेन की बातचीत अक्सर सोची-समझी और मापित होती है, थोड़ा पितृसूची के साथ। वह अक्सर रुक कर और अपने शब्दों को सावधानी से चुनती है, जो उसके सतर्क स्वभाव का परिचायक है। जब वह अधिक खुले और अभिव्यक्तिशील महसूस करती है, तो उसकी बातचीत अधिक जीवंत और उत्साही हो जाती है।

12. आंतरिक संघर्ष: लॉरेन एलेक्स के साथ अपनी पिछली बातचीत से लगातार संदेह और भय से जूझ रही है, जिसके कारण वह उस पर पूरी तरह से भरोसा करने में हिचकिचा रही है। वह न केवल अपने दिल की रक्षा करने की इच्छा से जूझ रही है, बल्कि गहरे संबंध की लालसा से भी जूझ रही है, फिर भी वह अपने पिछले रिश्ते में अनुभव किए गए अंत से डरती है।

अध्याय 1: पछतावा और प्रतिबिम्ब

मंद रोशनी वाला अपार्टमेंट एकांत का एक आश्रय था, उसके मौन स्वर और छाया में एक अव्याकुलता का परिचय था, जो एलेक्स के दिल के आंतरिक उथल-पुथल के प्रतिबिम्ब थे। जब वह अकेले बैठा था, तो उसकी निगाहें फोन की स्क्रीन में लॉरेन की धीमी होती छवि पर टिकी रही, उसके सीने में एक गहरा दर्द महसूस हो रहा था, एक स्थिर यादों का एहसास, गलतियों और टूटे हुए सपनों का बोझ उसके हर जागरूक पल को अंधकार में डाल रहे थे।

शिकागो का शोरगुल, जो कभी आशा और नए आरंभों का प्रकाश था, अब एक पिंजरे की तरह प्रतित हो रहा था, और उसे पछतावा और लालसा की अंतहीन चक्र में फंसा रहा

था। उसकी खिड़की के बाहर टिमटिमाती रोशनी और दूर के तारे, जो कभी अनंत संभावनाओं से भरे भविष्य का वादा करते थे, आज.. उसका मजाक उड़ा रहे थे।

एलेक्स का मन उन क्षणभंगुर क्षणों में वापस चला गया, जब न्यूयॉर्क सिटी में उसकी जीवन को उस महिला के रोमांचक मुस्कान ने प्रकाशित किया था, जिसने उसका दिल चुरा लिया था। लॉरेन, उसकी चमकदार आंखें और एक विशेष गुणवत्ता जो वर्णन से परे थी, उसने उनके पहली भेट के समय से ही उसको अपनी ओर आकर्षित कर लिया था, वो एक आकस्मिक मुलाकात थी, जिसने उसके अंदर एक ज्वलनिमित स्पार्क जला दिया था।

उसे याद आया कि उन्होंने एक दूसरे को कितनी सूक्ष्म नज़रों से देखा था, दो आत्माओं की अनकही भाषा जो एक दूसरे की ओर आकर्षित थी, जैसे फतिंगे टिमटिमाती लौ की ओर आकर्षित होते हैं। उन चुराई गई पलों में, एलेक्स अपने आपको जीने लगा था, उसका दिल उस रिश्ते के रोमांच से धड़कता, जो भीड़भाड़ भरे शहर के कोलाहल को चुनौती देता था। बहरहाल, जितनी जल्दी यह शुरू हुआ था, उतनी ही जल्दी यह रिश्ता टूट भी गया था, जो उसे गहरे पछतावे के एहसास के साथ छोड़ गया था, जो धुंधले नहीं हो रहे थे।

गहरी साँस लेते हुए, एलेक्स ने अपने बालों में अपनी उंगलियों को फेरते हुए, उसकी भावनाओं के बोझ जो उसे गहराई में धकेलने की धमकी दे रहे थे। उसने अपने मन में दृश्यों को बार-बार दोहराया, हर शब्द, हर इशारा, और हर गलती को अनुशंसित किया, एक ऐसे अवास्तविक अलगाव का समर्थन करने की तलाश की, जिसने उन्हें अलग कर दिया था।

कहां सब कुछ गलत हो गया था? शायद उसे चीजों को स्पष्ट करने और विवाद को समाधान करने के लिए व्यक्तिगत रूप से उससे मिलकर बात करने की कोशिश करनी चाहिए थी। क्या वह अच्छे संबंध की एक सहज वातावरण को प्रोत्साहित करने में विफल हो गया था, जहां वे खुले रूप से संवाद कर सकते थे या कम से कम दोस्त हो सकते थे? उसने क्या किया था, या ऐसा क्या करने में विफल रहा था, जिसके कारण एक ऐसे संबंध स्थापित करने में विफल रहा, जो कभी इतना पवित्र और सच्चा महसूस हुआ था?

यादें एक दोधारी तलवार की तरह होती हैं, जो सांत्वना के क्षणभंगुर क्षणों की पेशकश करती हैं और फिर उसे निराशा की गहराई में डुबो देती हैं।

एलेक्स अपनी आँखें बंद कर लेता है, छवियों को अपने ऊपर हावी होने देता है – भीड़भाड़ वाले फुटपाथ पर

उनके कंधों का आकस्मिक स्पर्श, भीड़ भरे कैफ़े में उनके द्वारा आदान-प्रदान की गई शर्मीली मुस्कान, इसके साथ ही इस दर्द का अहसास भी कि उसने लॉरेन की सीमाओं को पार कर लिया था, उस नाजुक विश्वास को चकनाचूर कर दिया था जिसे उन्होंने अभी बनाना शुरू ही किया था। वह अपनी हर गलती के लिए गहरा पछतावा कर रहा था, वह चाहता था कि काश समय को पीछे मुड़ना और सभी गलतियों को सुधारना संभव होता। हालांकि, वह जानता था कि यह संभव नहीं है। अब, वह केवल अपने अतीत को स्वीकार कर सकता था और उससे सीख सकता था।

बाहर, शहर की रोशनी दूर के सितारों की तरह टिमटिमा रही थी, जो उसके विचारों को अंधेरे के बीच आशा की एक किरण पेश कर रही थी। एलेक्स ने निश्चय किया की जो घटित हो चुका है उसे छोड़ वह अब दैनिक जीवन की परिचित आदतों में शांति की खोज करेगा, खुद को काम में डूबाने और लंबे समय से जो उसके हाथ से छूट रहा था, उसे फिर से निर्माण करने की प्रयास शुरू करेगा।

अध्याय 2: भूतकाल की गूंज

समय अपने तरीके से बीतता गया, दिन हफ्तों में, हफ्ते महीनों में, फिर भी एलेक्स अभी तक अपनी आंतरिक शांति नहीं पा सका। एक शाम, जैसे कि उसकी खिड़की के बाहर शहर की रोशनी ढल रही थी, एलेक्स एक बार फिर अपने न्यूयॉर्क शहर में बिताए गए समय की यादों में खुद को लिप्त हुआ पाया। गुजरे हुए दिनों की यादें उसके हर सचेत पल को परेशान कर रही थीं। यादों की गूंज आशीर्वाद और अभिशाप दोनो ही थीं, जो एक समय तो उसके दिल को आशा से भर देती थीं, जबकि कभी कभी उसे लगातार उसे निराशा और उसके निरर्थक संघर्ष के यादों में डूबो देती थी।

उसने आंखें बंद की, और छवियों को अपने मन में भरने दिया, जो कि पहले भाग्यशाली लग रही थीं, फिर एक प्रेम की बुनियाद बन गई थीं जिसे वह अपने पास लाने में सक्षम नहीं हो सका । एलेक्स अब भी लोरेन की मन-मोहक मुस्कान को देख सकता था, उसकी आंखों में वह उत्साह जो उसकी आत्मा को जवलित कर देती थी। उनके रास्ते शहर की भीड़भाड़ वाली सड़कों में मिले थे, उनकी आंखों का मूक विनिमय हुआ था, जो उसके अंदर एक बिजली का बिज लगा देती थी, जो कुछ असाधारण की संभावना की भरपूरता का वादा करती थी।

वह अपनी पहली मुलाकात के उन पिछले क्षणभंगुर क्षणों में बह गया था, जब लोरेन की अद्भुत उपस्थिति ने उसे पूरी तरह से मोहित कर दिया था, विगत मुलाकातों के बावजूद। उस दिन तक, एलेक्स ने कभी सच्चे रूप से उसे नहीं देखा या ध्यान नहीं दिया था।

अभी, कुछ ही दिन पहले, उसने उसकी उपस्थिति को महसूस करना आरंभ किया था, एक ताजी लुभावनी टैटू जो उसके हाथ पर सजी थी, की मोहकता से आकर्षित हो गया था... उनकी मुलाकात भावनाओं का संगम था, जो उसके प्रकाशमय मुस्कान द्वारा जागृत हो गया था, जो गहरे छायाओं को भी हलका करने की शक्ति रखता था। एलेक्स को उसकी ओर अगाध रूप से आकर्षित महसूस हो रहा था; लोरेन सच्ची मोहिनी का प्रतीक थी। उसके सामने

खड़ी, जिसकी लंबाई लगभग 5 फीट 6 इंच थी, एक उज्ज्वल भोर की तरह त्वचा, कास्केडिंग हल्के भूरे बाल जो उसके कंधों को ढक रहे थे, सुरुचिपूर्ण अनुग्रह की गर्दन, एक नाविक के कम्पास की तरह तीखी नाक और असीम समुद्र के रूप में गहरी आँखें थीं। उसके होंठ, गुलाब की पंखुड़ियों की याद दिलाते थे, गाल रेशम की तरह नरम, एक गुलाबी चमक बिखेर रहे थे। काले रंग की हाफ-टी-शर्ट और ग्रे जींस में लिपटी, वह एक ऐसी दृष्टि थी जिसने दिल और दिमाग दोनों पर कब्जा कर लिया था। फिर भी, यह उसकी मोहिनी मुस्कान थी जिसने एलेक्स को बंदी बना लिया था, उसके टेढ़े-मेढ़े दाँतों में एक सूक्ष्म अविश्वसनीयता के साथ, उसकी आँखों में खोने के लिये बिल्कुल रक्षाहीन बना देते थे।

उसी संक्षिप्त, चुराये गए पलों में, एलेक्स ने एक कनेक्शन महसूस किया था जो शहरी परिदृश्य की अराजकता को पार कर गया था। ऐसा लगता था जैसे वे दुनिया में केवल दो लोग थे, उनके परिवेश पृष्ठभूमि में लुप्त होती के रूप में वे खुद को एक दूसरे की निगाहों में खो गए। अनजान संकेत - कंधों के मिलने की कोमल ब्रशिंग, भीड़ भरे कैफे में आदान-प्रदान की गई आपसी झिझकों में छिपी शर्मीली मुस्कान - एक गुप्त भाषा बन गई थी, जो उनके दिलों में जड़ जमा चुकी अनकही इच्छाओं को संप्रेषित करने का एक साधन था।

लेकिन जैसे ही संबंध फूलने लगा था, वैसे ही वह उलझना भी शुरू हो गया था, जो नाज़ुक विश्वास उन्होंने बनाया था वह नासमझी, अवसरों के चूक और गलतफहमियों के नीचे भरमर गिरती चली गई। एलेक्स ने अपने मन में संदर्भों को दोहराया, हर शब्द, हर इशारा का विश्लेषण किया, उस मोमेंट की खोज की कोशिश की जब सब कुछ गलत हो गया था, जब जादू थम गया था और उनके रास्ते अलग हो गए थे।

वह उस दिन को याद करता है जब उसने लॉरेन के पास जाने का प्रयास किया था, उसका दिल उत्साह और घबराहट के मिश्रित भाव से धड़क रहा था। उसने खुद को परिचित कराना चाहा था, उस प्रेरणादायक महिला के बारे में और अधिक जानना चाहता था, जिसने उसका ध्यान आकर्षित किया था। हालांकि, शब्द उसके गले में ही अटक रह गए थे, जब उसकी हिचक और उसके द्वारा घटित हुए कुछ अप्रत्याशित किन्तु बेनाम इशारे भी शामिल थे, जो वास्तव में तो उसे और विशेष खुश महसूस कराने के लिए ही गए थे, दुर्भाग्य से गलतफहमी और नकारात्मकता में बदल गये थे। लॉरेन की आँखों में निराशा उसके दिल में एक तलवार की तरह महसूस हो रही थी, और वह बेबाक, असमर्थता से बस देखता रह गया था, जब उसने उससे मायूस होकर मुँह फेर लिया और चली गई थी, और उसे अपनी असुरक्षाओं के भार से निपटने के लिए अकेला छोड़ दिया था।

छूटे हुए अवसरों की संख्या लगातार बढ़ गये थे, और हर एक उस संबंध की दुखद याद दिलाते थे जिसे वे विकसित करने में विफल रहे थे। एक बार स्थानीय किताब की दुकान में उनका आपसी मिलन हुआ था, जहां वे दोनों एक ही किताब के लिए पहुंचे थे, उनकी उंगलियाँ संयोग के एक क्षण में चूम गई थीं। एलेक्स को बातचीत शुरू करने की तमन्ना थी, लॉरेन के रुचियों और जुनून के बारे में और अधिक जानने के लिए, लेकिन अस्वीकृति के डर ने उसने खुद को पीछे की ओर खींच लिया और वह बस उसे देखता रह गया, जब वह चली गई, किताब अभी भी उसके हाथों में थी।

और फिर एक दिन पार्क में, जब उसने लॉरेन को दूर से देखा था, उसकी वो उज्ज्वल मुस्कान जो उसके चारों ओर की दुनिया को रोशन कर रही थी। वह उसके पास जाना चाहता था, उसकी उपस्थिति के गर्मी में लिपटना चाहता था, लेकिन उसकी अपनी असुरक्षाओं ने एक बार फिर से उसे रोक लिया था। वह देखता रह गया था और वह भीड़ में कहीं ओझल हो गई थी, एलेक्स का दिल इस एहसास के साथ दुखी हो रहा था कि उसने फिर से एक और मौका अपने हाथों से फिसलने दिया।

जैसे-जैसे यादें उसके दिमाग में चलती रहीं, एलेक्स ने महसूस किया कि उसके अफसोस का बोझ हर गुजरते

पल के साथ भारी होता जा रहा है। उसने अनगिनत घंटे बिताए, हर विवरण का विश्लेषण किया, उस पल की खोज में जब चीजें गलत हो गई थीं, लेकिन सच यही था- वह खुद अपना सबसे बड़ा दुश्मन था, अपने स्वयं के भय और संदेह ने उस संबंध को तोड़ दिया था जिसे वह इतनी बेताबी से चाहता था।

उसके सीने में दर्द एक निरंतर साथी की तरह था, एक सुस्त, लगातार धड़कन जिसने शांत होने से इनकार कर दिया था। उसने यादों को दफनाने और वर्तमान पर ध्यान केंद्रित करने के लिए आगे बढ़ने की कोशिश की थी, लेकिन लॉरेन की मनोरम उपस्थिति, उसकी कोमल स्पर्श की गरमी, और उसकी मनमोहक मुस्कान की यादें - सब कुछ मानो, उसमें ठहरा रह गया था, अतीत का एक भूत जो उसके हर जागरूक क्षण को प्रेतवाधित करता था।

एलेक्स गहरी सांस लेते हुए, अपने फोन पर लॉरेन के चेहरे की संकेत बारीकी को स्पर्श करते हुए, उसे वह थोड़ी देर के लिए एक कड़वा-मीठा स्मरण था उस प्यार का, जो उसने कभी जाना था। उसने अनगिनत घंटे बीताए गुजरे हुए कल को दोहराते हुए, जवाबों की खोज में, जो उसे उन सब से दूर करने के लिए दोषी लग रहे थे, लेकिन सच यह था - उसने अपने जीवन की सबसे कीमती चीज़ को अपनी उंगलियों से फिसलने दिया था, और उसके पास खुद को दोषी ठहराने के अलावा कोई नहीं था।

एलेक्स ने फिर से अपनी पछतावे की भारी कशमकश के साथ खुद को पाया। अतीत एक भारी बोझ बन गया था, जो उसे उस खुशी और प्यार की याद दिलाता था, जिसे उसने पहले अनुभव किया था और जिस प्यार को वह अब खो चुका था। उसे मौका चाहिए था - सुधार का, अपने उन अपनी चाहती व्यक्तित्व बनने का, जो उसने होना चाहिए था, जो उस जुड़ाव को सम्मानित और संजीवित कर सकता था।

लेकिन आगे का रास्ता अनिश्चितता से ढँका हुआ था, संदेह और असुरक्षा की एक धुंधली धुंध में जो उठने को तैयार नहीं थी। एलेक्स को यह मालूम था कि उसे आगे बढ़ने का एक तरीका ढूंढना होगा, भविष्य को अपनाना होगा, जबकि उसके गुजरे हुए कल के कार्यों का बोझ उसका आज भी पीछा नहीं छोड़ रहे थे। यादों को पीछे छोड़ने की सोच, लॉरेन से उसका एकमात्र संवहनीय संबंध छोड़ने का भय और गहरे असहायता की भावना से उसे भर गई थी।

फिर भी, अंदर से, एक आशा की झलक उत्पन्न होने लगी। शायद, एक दिन, वह अपने अतीत के राक्षसों का सामना करने और उस प्यार को पुनः प्राप्त करने का साहस कर पाएगा जिसे उसने कभी संजोया था। तब तक, वह आगे बढ़ता रहेगा, उसका दिल सदैव सतर्क रहेगा, वह उस मोमेंट का इंतजार करेगा जब भाग्य एक बार फिर उसकी

राह लॉरेन के साथ मिला देगा, और एक दूसरा मौका उनके साझा इतिहास की राखों से उत्पन्न होगा।

भारी दिल के साथ, एलेक्स ने अपना फोन नीचे रख दिया, लॉरेन के चेहरे की हल्की छाया धीरे-धीरे धुंधला होती गई। उसने गहरी साँस ली, और अपनी निगाहें अपनी खिड़की के बाहर चमकते हुए टिमटिमाती रोशनी पर जमा दी। अपने अपार्टमेंट के शांत एकांत में, उसने अपने आप से एक मूक प्रतिज्ञा की - आगे बढ़ने का एक रास्ता ढूंढने की, भविष्य को गले लगाने की, जबकि उसके पिछले कार्यों का बोझ उसको निरंतर सताता रहा।

आगे का रास्ता अनिश्चित था, लेकिन जैसे शहर की रोशनी अंधेरे में नाचती हैं, तो एलेक्स के अंदर भी एक नई पुनर्जागरूकता की भावना महसूस हुई। उसके अंदर स्थिरता का बीज अंकुरित हो रहा था। वह नहीं चाहता था कि वह अतीत के पछतावे को उसे परिभाषित करने दे। इसके बजाय, वह उन्हें एक गाइडपोस्ट के रूप में उपयोग करेगा, जो उसके सीखे गए पाठों की याद दिलाता रहे, और जो विकास उसने अभी तक अनुभव नहीं किया था। प्रत्येक गुजरते दिन के साथ, वह वही व्यक्ति बनने का प्रयास करेगा, जिसे वह चाहता था कि वह होता, वह जो लॉरेन के साथ साझा किए गए संबंध को पोषित और पोषित करने के योग्य हो सकता था।

और शायद, अंत में, भाग्य एक बार फिर उन पर मुस्कुराएगा, उस प्यार पर दूसरा मौका देगा जिसे वे एक बार जानते थे। तब तक, एलेक्स आगे बढ़ेगा, उसका दिल नई शुरुआत की संभावना के लिए खुला रहेगा, और उसकी आत्मा इस उम्मीद से उत्साहित रहेगी कि एक दिन, वह अपने अतीत के भूतों का सामना करने और उस खुशी को पुनः प्राप्त करने का साहस पाएगा जो एक बार लगभग उसकी मुट्ठी में थी।

अध्याय 3: एक आकस्मिक मुलाकात

महीनों बाद, शिकागो की शोरगुल भरी सड़कें एलेक्स के लिए एक परिचित दृश्य बन चुकी थीं, जो उसके जीवन में धीरे-धीरे वापस आने वाली दिनचर्या की पृष्ठभूमि बन गइ थी। हालांकि, विशाल गगनचुंबी इमारतों और लगातार गतिविधि की गुंजन एक गुमनामी की भावना प्रदान करती थी, शहर की अनवरत प्रकृति में आराम था, परंतु उसके अंदर एक खोखलापन था, एक रिक्ति जो उसके अंदर लगातार टिकी रहती थी, और कोई भी विलक्षणता इसे भरने के लिए प्रयत्न नहीं कर सकता थी।

प्रत्येक दिन, एलेक्स काम की एकरसता में अपने आप को काम में डूब कर अपने दिमाग और अपने हाथों को व्यस्त रखता था। यह एक संबोधन की शैली थी, अपने अतीत के भूतों से बचने का एक तरीका, जो उसके हर जागरूक क्षणों का पीछा करते थे। फिर भी, चाहे उसने कितनी ही कोशिश की क्यों ना की हो, लॉरेन की यादें कम नहीं होतीं थी, वह एक स्थिर संगी होती थी, जो शांत नहीं होती थी।

जैसे-जैसे सप्ताह महीनों में बदलते गए, एलेक्स ने अपने नए जीवन के रिद्धिम को शिकागो में स्वीकार कर लिया था, लेकिन उसके दिल में दर्द बरकरार रहा। वह अक्सर खुद को शहर की सड़कों पर भटकते हुए पाता था, उसके कदम उन रास्तों को ढूँढ़ते थे जिन्हें वह एक समय लॉरेन के साथ न्यूयॉर्क में साझा करता था, उसके पास जुड़ाव की खोज में जो उसे दूर करने के लिए लग रहा था। ऐसा लगता था कि शोरगुल भरे महानगर ने उसे पूरी तरह से निगल लिया था, और उसे अनजान चेहरों और खाली वादों के समुद्र में छोड़ दिया था।

एक ताजगी भरे शरद ऋतु की दोपहर, जब एलेक्स शहर के एक शांत पार्क में टहल रहा था, उसका मन अपने विचारों की परिचित उथल-पुथल में खोया हुआ था, तभी वो एक परिचित आकृति से टकरा गया, जिससे उसकी सांस गले में अटक गई जब उनकी आँखें मिली। समय एक क्षण के लिए धीमा पड़ गया, और उस क्षणभंगुर क्षण में, एलेक्स

ने महसूस किया कि उसका दिल धड़कना भूल गया, उसके चारों ओर की दुनिया पृष्ठभूमि में लुप्त हो रही है क्योंकि उसने खुद को लॉरेन की मनोरम आंखों में घूरते हुए पाया।

दिल की धड़कन के लिए, वे दोनों जमे हुए खड़े थे, जैसे अप्रत्याशित मुलाकात का झटका उन्हें अवाक प्रदान कर रहा था, और वे बोलने में अक्षम हो गए। एलेक्स ने अपने सीने में परिचित दर्द महसूस किया, जैसे ही उसने उस महिला की दृश्य को देखा जो कभी उसके हर जागरूक सोच को व्याप्त कर लिया करती थी, उसे अभिभूत करने वाले भावनाओं का धमाका हुआ।

लॉरेन भी उतनी ही हैरान रह गई, उन्होंने एक-दूसरे को देखते हुए अज्ञाता और अस्पष्टता के मिश्रण को अनुभव किया, उनका साझा अतीत उनके बीच अभिभूत रूप से लटकता हुआ था।

एलेक्स ने धीरे से अपना मुंह खोला, उसकी आवाज फुसफुसाहट से थोड़ी ऊपर थी। *"लॉरेन..."* नाम उसकी जुबान पर विदेशी लगा, एक मधुर-कड़वी धुन जिसने उसके अतीत के भूतों को जगा दिया। उसने उसके चेहरे को देखा, उम्मीद थी कि उसे पहचान की एक झलक मिलेगी, एक चिंगारी जो उनके बीच के रिश्ते को फिर से जगा देगी।

लॉरेन की आँखें थोड़ी चौड़ी हो गईं, और एक पल के लिए, एलेक्स ने उसकी निगाहों में एक परिचितता की झलक देखी। *"एलेक्स,"* उसने साँस ली, उसके नाम के शब्द उसके होठों से एक झिझक के साथ गिर रहे थे, जिसने उसकी खुद की अनिश्चितता को धोखा दिया।

वे वहाँ खड़े थे, एक अजीब सी खामोशी में फँसे हुए, उनके आस-पास का शहर पृष्ठभूमि में फीका पड़ गया क्योंकि वे उन शब्दों को खोजने के लिए संघर्ष कर रहे थे जो उस खाई को पाटने के लिए थे जिसने उन्हें एक बार अलग कर दिया था। हवा में अनकही भावनाएँ, अफ़सोस, उम्मीद और एक नई समझ की नाज़ुक शुरुआत की उलझन भरी हुई थी।

अपनी हिम्मत जुटाते हुए, एलेक्स ने एक अनिश्चित कदम आगे बढ़ाया, उसका दिल उसके सीने में धड़क रहा था। *"यह... यह बहुत समय हो गया है,"* उसने कहा, शब्द खोखले लग रहे थे और पिछले वर्षों के मुकाबले अपर्याप्त थे जो उनकी आखिरी मुलाकात के बाद से बीत चुके थे।

लॉरेन ने सिर हिलाया, उसकी निगाहें घबराहट से घूम रही थीं क्योंकि वह सही जवाब की तलाश में थी। *"हाँ, यह हुआ है,"* उसने जवाब दिया, उसकी आवाज़ नरम और संतुलित थी। *"मुझे यहाँ तुम्हें देखने की उम्मीद नहीं थी।"* एलेक्स ने अपने होठों के कोनों पर एक कर्कश

मुस्कान महसूस की। *"न हीं मुझे थी,"* उसने स्वीकार किया, उनके साझा इतिहास का भार उस पर दबाव डाल रहा था। *"हालांकि, मैं... मैं खुश हूँ कि हम मिले।"*

शब्द हवा में लटके हुए थे, एक नाजुक प्रस्ताव जो सुलह की संभावना का संकेत देता था। लॉरेन की अभिव्यक्ति नरम पड़ गई, और एक क्षण के लिए, एलेक्स ने उस गर्मजोशी की झलक देखी जिसने एक बार उसे पूरी तरह से मोहित कर लिया।

"मैं भी," लॉरेन ने कहा, उसकी आवाज़ फुसफुसाहट से थोड़ी ही ऊपर थी।.

वे वहाँ खड़े थे, शहर उनके चारों ओर हलचल कर रहा था, फिर भी उस पल में, ऐसा लग रहा था की जैसे वे दुनिया में केवल दो लोग ही थे। शुरू में जो असहजता उन्हें घेरे हुए थी, वह धीरे-धीरे खत्म होने लगी, उसकी जगह जिज्ञासा की एक अस्थायी भावना और उम्मीद की एक हल्की सी किरण ने ले ली।

अवसर को भांपते हुए, एलेक्स ने गहरी साँस ली, उसकी आँखें लॉरेन के चेहरे को खोज रही थीं। *"क्या तुम... क्या तुम मेरे साथ कॉफी पीना चाहोगी?"* उसने पूछा, शब्द उसके होठों से घबराहट और सतर्क आशावाद के मिश्रण

के साथ निकल रहे थे। *"मुझे... मुझे मिलकर बातें करना अच्छा लगेगा, अगर तुम चाहो तो।"*

लॉरेन ने एक पल के लिए झिझकते हुए कहा, उसकी निगाहें असंख्य भावनाओं से झिलमिला रही थीं। एलेक्स ने अपनी सांस रोक ली, उसका दिल उसकी सीने में तेजी से धड़क रहा था क्योंकि वह उसकी प्रतिक्रिया का इंतजार कर रहा था, अतीत का भार और भविष्य का वादा संतुलन में लटका हुआ था।

आखिरकार, एक अनंत काल के बाद, लॉरेन के होठों पर एक छोटी सी, अनिश्चित मुस्कान आ गई। *"हाँ, मुझे वह पसंद आएगा"* उसने कहा, उसकी आवाज़ नरम और ईमानदार थी।

एलेक्स के अंदर राहत की लहर दौड़ गई और उसने महसूस किया कि उसके कंधों में तनाव कम हो गया है। सिर हिलाकर उसने हलचल भरी सड़कों की ओर इशारा किया और वे साथ में चल पड़े, उनके बीच की दूरी धीरे-धीरे लेकिन निश्चित रूप से कम होने लगी।

जैसे-जैसे वे चलते गए, बातचीत आश्चर्यजनक सहजता से आगे बढ़ी, शुरुआती असहजता के बाद सतर्कतापूर्ण परिचय की भावना ने जगह बनाई। एलेक्स ने खुद को लॉरेन के हर शब्द पर ध्यान देते हुए पाया, उसका दिल

पुरानी यादों और अस्थायी उम्मीद के मिश्रण से भर गया कि शायद, बस शायद, वे उस विभाजन को पाटने का कोई रास्ता खोज सकें जिसने कभी उन्हें अलग किया था।

उन्होंने अपनी आखिरी मुलाकात के बाद के वर्षों में अपने जीवन के बारे में बात की, अपनी-अपनी यात्राओं के कुछ अंश साझा किए, चुनौतियों का सामना किया और जीत का जश्र मनाया। एलेक्स ने ध्यान से सुना, लॉरेन में देखी गई वृद्धि और लचीलेपन पर आश्चर्यचकित हुआ और वह उस महिला के लिए गर्व और प्रशंसा की भावना महसूस करने से खुद को रोक नहीं सका जो वह बन गई थी।

बदले में, लॉरेन भी एलेक्स में आए बदलावों से उतनी ही प्रभावित दिखी, जब उसने शिकागो में अपने जीवन के उतार-चढ़ाव के बारे में बताया तो उसकी निगाहें नरम पड़ गईं। उसकी आँखों में एक सच्ची दिलचस्पी थी, समझने और सहानुभूति की इच्छा जिसने एलेक्स के सीने में एक गर्मजोशी भरी लहर दौड़ा दी।

जैसे ही वे एक आरामदायक कैफ़े में बैठे, उनकी बातचीत गहरी होती गई, जैसे-जैसे वे अपने साझा अतीत की जटिलताओं से निपटते गए, बाधाएं धीरे-धीरे ढहती गईं। एलेक्स ने पाया कि वह खुल रहा है, अपने अफ़सोस और क्या-क्या हो सकता है के बारे में बता रहा है जो उसे इतने

लंबे समय से परेशान कर रहे थे, और उसे आश्चर्य हुआ कि उसने लॉरेन की आँखों में समझ की एक झलक देखी।

"मेरा कभी भी तुम्हें दुख पहुँचाने का इरादा नहीं था, एलेक्स," लॉरेन ने कहा, उसकी आवाज़ में दुख की झलक थी। *"मैं... मैं बस खुद को चोट लगने से डर रही थी।"*

एलेक्स ने सिर हिलाया, टेबल के पार पहुँचकर धीरे से उसका हाथ दबाया। *"मुझे पता है, लॉरेन। मुझे पता है"* उसके शब्द नरम थे, कोमलता से भरे हुए जो वर्षों की लालसा और छूटे हुए अवसरों को झुठला रहे थे।

उस पल में, एलेक्स ने एक बदलाव महसूस किया, एक सूक्ष्म लेकिन गहरा संबंध जो उनके बीच जीवन की चिंगारी बन गया। जो दूरी कभी असाध्य लगती थी वह कम होने लगी, और उसने खुद को लॉरेन की आँखों में देखी गई गर्मजोशी और भेद्यता की ओर आकर्षित पाया।

जैसे-जैसे दोपहर ढलती गई, एलेक्स और लॉरेन ने बातचीत जारी रखी, उनके शब्द एक नई सहजता और समझ के साथ बह रहे थे। अतीत अभी भी मंडरा रहा था, एक ऐसा भूत जिसे अनदेखा नहीं किया जा सकता था, लेकिन भेद्यता के साझा क्षणों और सुलह की दिशा में अस्थायी कदमों में, आशा की एक किरण जड़ जमाने लगी।

जब वे आखिरकार अलग हुए, तो एलेक्स को घबराहट और प्रत्याशा दोनों का एहसास हुआ। भविष्य अनिश्चित था, उनके साझा इतिहास की गूँज से भरा हुआ था, लेकिन जब उसने लॉरेन की पीछे हटती हुई आकृति को देखा, तो वह अपने दिल में उम्मीद की एक हलचल महसूस करने से खुद को रोक नहीं सका।

शायद, अंत में, भाग्य ने उन्हें अकेला नहीं छोड़ा था। शायद, इस हलचल भरे शहर में, जहाँ उनके रास्ते एक बार अलग हो गए थे, वे फिर से जुड़ने, अतीत के घावों को भरने और एक नई शुरुआत करने का रास्ता खोज लेंगे - प्यार का दूसरा मौका जिसे उन्होंने एक बार लगभग पा लिया था।

एक गहरी साँस लेकर, एलेक्स मुड़ा और अपने अपार्टमेंट की ओर वापस चला पड़ा, उसके कदम हल्के हो गए और उसका दिल एक नए उद्देश्य की भावना से भर गया। आगे की यात्रा आसान नहीं थी, लेकिन पहली बार वर्षों में, उसे आशावाद की एक झलक महसूस हुई, एक विश्वास कि भविष्य में कुछ वास्तव में असाधारण होने की संभावना है।

अध्याय 4: ज्वाला का पुनः प्रज्ज्वलन

पार्क में उनकी आकस्मिक मुलाकात के बाद के सप्ताह एलेक्स और लॉरेन के बीच अस्थायी पुनःसंपर्क के एक नाजुक नृत्य से भरे हुए थे। हर बार जब वे मिलते थे, चाहे एक आकस्मिक कॉफी के लिए या शहर की सड़कों पर इत्मीनान से टहलने के लिए, हवा में एक स्पष्ट तनाव था - अनसुलझे भावनाओं का मिश्रण और उस दरार को ठीक करने की सतर्क आशा जिसने उन्हें एक बार अलग कर दिया था।

जैसे-जैसे वे अपने साझा इतिहास की जटिलताओं से निपटते गए, एलेक्स और लॉरेन ने खुद को एक–दूसरे के प्रति खुलते हुए पाया, अपनी पिछली मुलाकात के बाद से बीते वर्षों की कहानियाँ साझा कीं। उनके आदान-प्रदान में एक नया खुलापन और भेद्यता थी, अतीत का सामना करने और समझने की इच्छा, बजाय उन यादों को दफनाने के जो कभी उन्हें परेशान करती थीं।

"मैं तुम्हें सिर्फ़ यह बताना चाहता हूँ, लॉरेन," एलेक्स ने कहा, उसका लहजा कोमल लेकिन गंभीर था, *"कि मेरा कभी भी तुम्हें असहज महसूस कराने या तुम्हारी सीमाओं को थोपने का इरादा नहीं था। मैं वास्तव में तुम्हारी खुशी और भलाई को सबसे ज़्यादा महत्व देता हूँ।"*

लॉरेन के चेहरे पर नरमी आई और उसने जवाब दिया, *"मुझे पता है, एलेक्स। और मैं इसकी सराहना करती हूँ। मुझे चीज़ों के बारे में सोचने के लिए कुछ समय मिला, और अब मुझे एहसास हुआ है कि शायद मैंने निर्णय लेने में बहुत जल्दी कर दी थी। हम सभी गलतियाँ करते हैं, है न?"*

लॉरेन ने आगे कहा, *"मेरा कभी भी तुम्हें दुख पहुँचाने का इरादा नहीं था, एलेक्स,"* उसकी आवाज़ पछतावे से

नरम थी, उसकी आँखों में उसके अपने पश्चाताप का भार झलक रहा था। "*मैं... मैं बस खुद को चोट लगने से डर रही थी।*" इस स्वीकारोक्ति ने एलेक्स के भीतर एक तार को छु लिया, और उस पल में, उसने उस महिला की झलक देखी जिसे वह कभी जानता था - जिसने अपनी प्रकाशमान मुस्कान और अपनी कोमल आत्मा से उसका दिल जीत लिया था - जो वर्षों से बनाए गए उसके संरक्षित मुखौटे के माध्यम से चमक रही थी।

बदले में, एलेक्स ने अपने संघर्षों, लालसा के निरंतर दर्द और अपराध बोध की भावना को साझा किया, जिसने उनके अलगाव के बाद उसे खा लिया था। उसने उन अंतहीन रातों के बारे में बताया जो उसने अपने संघर्षों को दोहराते हुए बिताईं थी, उस पल की तलाश में जब सब कुछ गलत हो गया था, और नुकसान की गहरी भावना जिसने उसे बाद के वर्षों में परेशान किया था।

"*काश मैं बहादुर होता, लॉरेन,*" उसने कबूल किया, उसकी आवाज़ में कच्ची ईमानदारी थी जिससे वह कमज़ोर और बेपर्दा महसूस कर रहा था। "*मुझे ईमानदार होना चाहिए था और चीज़ों को सीधे व्यक्त करने का साहस दिखाना चाहिए था, मैंने जो कुछ भी किया था उसके लिए ज़िम्मेदारी स्वीकार करनी चाहिए थी, बजाय इसके कि मैं अपने डर और असुरक्षाओं को बीच में आने दूँ।*"

जैसे-जैसे वे अपने अतीत की जटिलताओं में गहराई से उतरते गए, एलेक्स और लॉरेन ने खुद में एक नई समझ बनते हुए पाया - जो सहानुभूति, सम्मान और अतीत के घावों को भरने की सच्ची इच्छा पर आधारित थी। वे गलतफहमियाँ और छूटे हुए अवसर जिन्होंने कभी उनको अलग कर दीए थे, अब नहीं रहे; उनकी जगह, उन दोनों के बीच के वर्षों में हुई वृद्धि और परिपक्कता की साझा मान्यता थी।

लॉरेन ध्यान से सब सुन रही थी, उसकी आँखों में करुणा भरी हुई थी जो एलेक्स के दिल को गर्मजोशी से भर रही थी। वह गहराई से समझती थी कि उसने किन संघर्षों का सामना किया था, किन राक्षसों से जूझा था और पछतावों का भार जो उसे निगलने को अग्रसर थे। और बदले में, एलेक्स ने लॉरेन के उसके अपने यात्रा के वर्णन में उसकी भावनाओं और साहस को देखा - उन चुनौतियों का जिनका उसने सामना किया था, उन सबकों का जिनसे उसने सीख लिया था, और वह लचीलापन जिन्होंने उसे और अधिक मजबूत और आत्मविश्वासी बनने में मदद की।

जैसे-जैसे उनकी बातचीत गहरी होती गई, एलेक्स और लॉरेन ने एक-दूसरे के साथ अपने संबंधों को फिर से खोजना शुरू कर दिया। एलेक्स, जो लॉरेन की ओर आकर्षित था, लेकिन शायद पहले कभी लॉरेन का ध्यान

इस तरह उसकी ओर आकर्षित नहीं कर पाया था, अब उसने पाया कि उनकी गतिशीलता बदल रही है। उनके कंधों को छूना, शर्मीली नज़रें और हल्की हँसी जो कभी उनकी बातचीत में भर जाती थी, धीरे-धीरे फिर से उभरने लगी, जैसे कि एक लंबे समय से सुप्त फूलों का धीरे-धीरे खिलना आरंभ हो रहा हो।

उन्होंने पाया कि वे अपने-अपने जीवन की कहानियाँ साझा कर रहे हैं - उनके सपने, उनके जुनून और वे उतार-चढ़ाव जिन्होंने उन्हें एक व्यक्ति के रूप में आकार दिया। उनके आदान-प्रदान में वास्तविक रुचि और जिज्ञासा की भावना थी, अपने साझा अतीत की सीमाओं से परे एक-दूसरे को वास्तव में समझने की इच्छा थी।

और प्रत्येक बीतते दिन के साथ, जो दीवारें कभी उनके बीच खड़ी थीं, वे ढहने लगीं, और उनकी जगह विश्वास की भावना बढ़ने लगी तथा उन अद्वितीय गुणों के लिए नए सिरे से प्रशंसा बढ़ने लगी, जिन्होंने पहली बार उन्हें एक-दूसरे के करीब खींचा था।

एक शाम, जब वे एक आरामदायक कैफ़े में साथ बैठे थे, अपने पेय की चुस्की ले रहे थे और उनके बीच जो सुकून भरी शांति थी, उसका आनंद ले रहे थे, एलेक्स ने अपने सीने में एक जानी-पहचानी हलचल महसूस की। उनके इर्द-गिर्द बातचीत की हल्की-सी गुनगुनाहट पृष्ठभूमि में

फीकी पड़ गई, जैसे ही उसकी नज़र लॉरेन से मिली, और उस पल में, वह एक बार फिर उसकी आँखों में दिखाई देने वाली गर्मजोशी और भावना की गहराई से मोहित हो गया।

अपनी हिम्मत जुटाते हुए एलेक्स ने टेबल के पार हाथ बढ़ाया, उसकी उंगलियाँ लॉरेन के हाथ को धीरे से छू रही थीं। *"लॉरेन,"* उसने कहा, उसकी आवाज़ फुसफुसाहट से थोड़ी ऊपर थी, *"मैं...मुझे तुम्हें कुछ बताना है"*

लॉरेन के अभिव्यक्ति में कोमलता थी, और उसने उसके हाथ को हल्के से दबाया, चुपचाप उसे आगे बढ़ने के लिए प्रोत्साहित किया।

एलेक्स ने गहरी साँस ली, उसका दिल उसके सीने में तेज़ी से धड़क रहा था। *"मैं तुमसे प्यार करता हूँ,"* उसने कहा, शब्द उसके होठों से घबराहट और कच्ची, बेलगाम ईमानदारी के मिश्रण के साथ निकल रहे थे। *"मैं तुमसे उस पल से प्यार करता हूँ, जब हमारे रास्ते पहली बार न्यूयॉर्क में मिले थे, और मैं इसे कभी रोक नहीं सका।"*

लॉरेन की आँखें थोड़ी चौड़ी हो गईं, और एक पल के लिए, एलेक्स को डर लगा कि उसने सीमा पार कर ली है, उसने एक बार फिर उस नाजुक संबंध को खतरे में डाल दिया है जिसे वे फिर से बना रहे थे। लेकिन फिर, उसके आश्चर्य और खुशी के लिए, लॉरेन के चेहरे पर एक उज्ज्वल

मुस्कान खिल गई, और उसने धीरे से उसके गाल को सहलाया।

"ओह, एलेक्स," वह बड़बड़ाई, उसकी आवाज़ में भावनाओं का मिश्रण था। *"मैं भी तुमसे प्यार करती हूँ। और मैं हमेशा से करती आई हूँ।"*

शब्द हवा में लटके हुए थे, एक घोषणा जो समय को निलंबित कर रही थी क्योंकि एलेक्स और लॉरेन अपने साझा स्वीकारोक्ति की गर्मजोशी में डूबे हुए थे। उस पल में, अतीत और उससे जुड़े सभी दर्द और पछतावे पिघल गए, उनकी जगह एक गहन जुड़ाव की भावना और एक ऐसे भविष्य का वादा आ गया जो पहले से कहीं ज़्यादा उज्ज्वल था।

बिना किसी हिचकिचाहट के, एलेक्स आगे झुका, उसके होंठ लॉरेन के होंठों से एक कोमल, भावुक चुंबन में मिले, जिसने उसकी भावनाओं की गहराई और उसके दिल में छिपी तड़प को व्यक्त किया। लॉरेन ने भी उसी तरह इसका जवाब दिया, उसकी बाहें उसके चारों ओर लिपट गईं और वे आलिंगन में खो गए, उनके चारों ओर की दुनिया महत्वहीन हो गई।

जब वे अंत में अलग हुए, तो उनके माथों को एक साथ आराम मिला, एलेक्स को अत्यधिक खुशी और राहत का

एहसास हुआ। वह दर्द जो कभी उसे ग्रस्त किया करता था, उसको एक एनर्जी ने बदल दिया था जो उसके अस्तित्व के हर इंच में भर गई थी, और वह पूरी तरह से निश्चित था कि उसने अपने घर का रास्ता पा लिया है।

इसके बाद के दिनों में, एलेक्स और लॉरेन का रिश्ता हर गुजरते पल के साथ गहरा होता गया। उन्होंने एक साथ शहर की खोज की, नई यादें बनाईं जो उनके साझा अतीत की प्रतिध्वनियों के साथ सहजता से जुड़ी थीं, और एक-दूसरे की कंपनी की सरल खुशी में सांत्वना पाई।

वे बाधाएं और झिझकें अब खत्म हो गईं जिन्होंने कभी उन्हें अलग किया था; उनकी जगह एक नई विश्वास, समझ और उनके बीच पनपे प्यार को पोषित करने की संयुक्त प्रतिबद्धता आई। वे अपने डर, अपनी उम्मीदें और अपने सपनों के बारे में खुलकर बात करते थे, हर वंशनात्मक क्षण अब उनके संबंध के आधार को मजबूत करता था।

जैसे-जैसे मौसम बदलता गया, शरद ऋतु की ठंडी ठंड शुरू हुई, एलेक्स और लॉरेन ने खुद को पहले से कहीं ज़्यादा करीब पाया। उन्होंने अपने-अपने जीवन की चुनौतियों के दौरान एक-दूसरे का साथ दिया, बाहरी दुनिया की अराजकता के बीच एक दृढ़ उपस्थिति और सुरक्षित आश्रय प्रदान किया।

और उनके द्वारा साझा किए गए कुछ शांति के क्षणों में, चाहे वे सोफे पर बैठे हों या पार्क में हाथों में हाथ डाले घूम रहे हों, एलेक्स अक्सर खुद को उन घटनाओं के मोड़ पर आश्चर्यचकित पाता था जो उन्हें इस बिंदु तक ले आईं। अतीत अभी भी बना हुआ था, यादों का एक ताना-बाना जिसे उन्होंने एक साथ बुना था, लेकिन अब यह उन्हें परेशान करने की शक्ति नहीं रखता था। इसके बजाय, यह उनके बंधन की लचीलापन और एक-दूसरे में मिली ताकत की याद दिलाता था।

अध्याय 5: एक वादा-हमेशा के लिए

एक शाम, जब वे एक सुकून भरे कैफ़े में साथ बैठे थे, शहर की रोशनी का गरम चमक उनके चेहरों पर हल्का सा रंग बिखेर रही थी, एलेक्स ने अपनी जेब में हाथ डाला, उसका दिल आशावाद से धड़क रहा था। *"लॉरेन,"* उसने कहा, उसकी आवाज़ मात्र एक फुसफुसाहट के ऊपर होते हुए, *"मुझे तुमसे कुछ पूछना है।"*

लॉरेन की आँखें चौड़ी हो गईं, और उसने महसूस किया कि उसकी साँस गले में अटक गई है, क्योंकि एलेक्स अपनी सीट से खिसक कर एक घुटने पर बैठ गया, एक उज्ज्वल मुस्कान उसके चेहरे को रोशन कर रही थी। *"क्या तुम मुझसे शादी करोगी?"* उसने पूछा, उसकी आँखें प्यार और उम्मीद से चमक रही थीं।

भावनाओं से अभिभूत, लॉरेन को लगा कि उसकी आँखों के कोनों में खुशी के आँसू छलक आए हैं। बिना किसी हिचकिचाहट के उसने सिर हिलाया, उसकी आवाज़ खुशी से काँप रही थी क्योंकि उसने उन शब्दों को कहा जो उनके भविष्य को एक साथ सील कर देंगे। *"हाँ, एलेक्स! हाँ, हजार बार हाँ!"*

एलेक्स ने एक सुंदर हीरे की अंगूठी लॉरेन की उंगली में पहनाई, उनके प्यार को हमेशा के लिए एक वादे से सील करते हुए।

उस पल में, उनके आस-पास की दुनिया फीकी पड़ गई, और जो मायने रखता था वह था उनका आपसी संबंध - एक ऐसा बंधन जिसने अतीत के तूफानों को झेला था और पहले से कहीं ज़्यादा मज़बूत बनकर उभरा था। जैसे ही वे गले मिले, उनके दिल प्यार से भर गए और जीवन भर खुशियों का वादा किया, एलेक्स को पता था कि उनकी यात्रा, चुनौतियों से भरी होने के बावजूद, उन्हें इस पल तक

ले आई थी - एक नई शुरुआत, अनंत संभावनाओं से भरा भविष्य बनाने का मौका।

एलेक्स और लॉरेन के खुशहाल पुनर्मिलन के बाद के महीनों में नए प्यार और साझा भविष्य के वादे की आंधी चली। जैसे-जैसे वे अपने फिर से प्रज्वलित रिश्ते की जटिलताओं से निपटते गए, अतीत का बोझ कम होने लगा, उसकी जगह कृतज्ञता की गहरी भावना और उनके बीच पनपे रिश्ते को पोषित करने की गहरी, स्थायी प्रतिबद्धता ने ले ली।

वे बाधाएं और झिझकें खत्म हो गईं जो कभी उन्हें अलग रखती थीं; उनकी जगह, एक दृढ़ विश्वास और उनके बंधन की ताकत में एक अटूट विश्वास था। एलेक्स और लॉरेन ने एक-दूसरे की संगति के साधारण सुखों में संतुष्टि पाई, नई यादें बनाने के अवसर का आनंद लिया जो उनके साझा इतिहास की गूंजों के साथ सहजता से जुड़ गए।

उनके प्रियजनों की अटूट समर्थन और उत्साह ने उन्हें पूरे प्रक्रिया के दौरान प्रेरित किया, जो उनके यात्रा के परिक्षण और कठिनाइयों का साक्षी रहे थे। उनके चारों ओर परिवार और दोस्तों का घेरा बना हुआ था, सलाह, मार्गदर्शन, और निरंतर प्रोत्साहन का स्रोत प्रदान करते हुए, क्योंकि वे शादी के अवसर पर विभिन्न रिवाजों के लिए योजना बनाने के चुनौतीपूर्ण कार्यों में उलझे हुए थे।

गतिविधियों के आंतरिक शांत क्षणों में, एलेक्स और लॉरेन छिपकर बाहर चले जाते थे, वे एक-दूसरे के साथ घूमते-फिरते और कहानियाँ और सपनों को साझा करते थे, उन्हें एक-दूसरे की सादगी में आराम की अनुभूति होती थी। और उनके दिल में एक गहरा आभास होता था कि उन्होंने अंततः वह खुशी प्राप्त कर ली है जिसे वे पहले केवल कल्पना कर सकते थे।

अध्याय 6: एक नई शुरुआत

जैसे ही भोर की पहली किरणें पर्दों से छनकर आईं, एलेक्स की आँखें खुलीं और उसके चेहरे पर एक कोमल मुस्कान फैल गई। वह बाईं तरफ मुड़ा और लॉरेन को निहारने लगा, उसकी छवि सुबह की रोशनी की कोमल चमक में नहा रही थी। नींद में भी, वह दीप्तिमान दिख रही थी, सुंदरता और शांति का एक ऐसा नजारा जो हमेशा उसकी सांसों को रोक लेता था।

एक कोमल स्पर्श के साथ, एलेक्स ने उसके माथे पर बिखरे हुए केशों को हटाया, उसका दिल कृतज्ञता और प्रेम की

गहरी भावना से भर गया। वे इतनी दूर आ गए थे, अतीत के तूफानों का सामना करते हुए और पहले से कहीं अधिक मजबूत होकर उभरे थे, और अब, जब वे अपने जीवन के एक नए अध्याय की दहलीज पर खड़े थे, एलेक्स ने प्रत्याशा और उत्साह की गहरी भावना महसूस की।

सावधानी से, ताकि उसकी सोती हुई मंगेतर को परेशान न किया जाए, एलेक्स बिस्तर से उतरकर रसोई की तरफ चला गया, जहाँ उसने एक साधारण लेकिन स्वादिष्ट नाश्ता तैयार करना शुरू कर दिया। वह जानता था कि आने वाला दिन बहुत सारी गतिविधियों से भरा होगा, क्योंकि वे अपनी शादी के जश्न के लिए अंतिम समय की बारीकियों को अंतिम रूप दे रहे थे, और वह यह सुनिश्चित करना चाहता था कि लॉरेन को अपना दिन शुरू करने के लिए शांति और सुकून का एक पल मिले।

जैसे ही ताज़ी बनी कॉफी और गर्म बेकन की सुगंध हवा में फैली, एलेक्स ने पैरों की नरम आवाज़ सुनी, और वह लॉरेन को देखने के लिए मुड़ा, उसकी आँखें अभी भी नींद से भारी थीं, लेकिन एक उज्ज्वल मुस्कान उसके चेहरे को रोशन कर रही थी।

"गुड मॉर्निंग, माय लव," उसने धीरे से कहा, और पीछे से उसे अपनी बाहों में भर लिया और उसके कंधे पर एक कोमल चुंबन कर दिया।

"गुड मॉर्निंग, ब्यूटीफुल," एलेक्स ने उत्तर दिया, उसकी आवाज़ धीमी और गर्म थी क्योंकि वह उसकी बाहों में वापस झुक गया था। *"मुझे लगता है कि तुम्हें भूख लगी होगी. मैंने तुम्हारे लिए एक विशेष नाश्ता तैयार किया है।"*

लॉरेन की आँखें खुशी से चमक उठीं जब उसने उसके कंधे के ऊपर से झाँककर उसके द्वारा तैयार किए गए नाश्ते को देखा। *"एलेक्स, तुम्हें यह सब नहीं करना था,"* उसने कहा, उसकी आवाज़ में कृतज्ञता और स्नेह का मिश्रण था।

"मैं चाहता था," उसने सरलता से उत्तर दिया, और उसे अपनी बाहों में भरकर अपने पास खींच लिया। *"आज एक विशेष दिन है, और तुम लाड़-प्यार पाने के पात्र हो।"*

उन्होंने अपने माथे एक दूसरे से सटाए, उन शांत पलों का आनंद लिया, आखिरकार एलेक्स द्वारा तैयार किए गए नाश्ते का आनंद लेने के लिए वे बैठ गए। जैसे-जैसे वे खाते गए, उनकी बातचीत सहजता से आगे बढ़ती गई, बीच-बीच में हंसी के फूटने और कोमल स्पर्शों से जो उनके दैनिक जीवन का एक स्वाभाविक हिस्सा बन गए थे।

जब उनकी प्लेटों से आखिरी निवाला साफ हो गया, तो एलेक्स ने मेज के पार पहुंचकर लॉरेन का हाथ अपने हाथ

में ले लिया। *"क्या तुम आज के लिए तैयार हैं?"* उसने पूछा, उसकी आवाज़ में उत्साह और प्रत्याशा का भाव था।

लॉरेन ने उसका हाथ प्यार से दबाया, उसकी आँखें खुशी और घबराहट के मिश्रण से चमक रही थीं। *"मैं तैयार हूं जितनी कभी हो सकती हूं,"* उसने जवाब दिया, उसके चेहरे पर एक गर्म मुस्कान फैल गई। *"मैं तुम्हारी पत्नी बनने का इंतज़ार नहीं कर सकती, एलेक्स।"*

एलेक्स ने महसूस किया कि उसका दिल भावनाओं से भर गया है, और वह झुक गया, उसके होंठों को एक कोमल, भावुक चुंबन में जकड़ लिया। *"और मैं तुम्हें अपना कहने के लिए इंतजार नहीं कर सकता,"* उसने उसकी त्वचा पर फुसफुसाया, शब्द अर्थ की गहराई के साथ गूंज रहे थे जो शादी के सरल कार्य से परे थे।

एक अनिच्छुक आह के साथ, वे अंततः अलग हो गए, यह जानते हुए कि दिन जल्दी से निकल रहा था और उन्हें बहुत सारी तैयारियाँ करनी थीं। हाथों में हाथ डाले, वे हलचल भरे शहर से गुज़रे, उनके कदम उद्देश्य और उत्साह की भावना से भरे हुए थे क्योंकि वे अपनी शादी की ओर ले जाने वाली अंतिम बाधाओं को पार कर रहे थे।

जैसे ही वे कार्यक्रम स्थल पर पहुंचे, एक शानदार, ऐतिहासिक इमारत जिसने देखते ही उनका दिल जीत

लिया था, उनका स्वागत गतिविधियों की झड़ी से हुआ। परिवार और दोस्त इधर-उधर भाग रहे थे, फूलों की सजावट कर रहे थे, साउंड सिस्टम का परीक्षण कर रहे थे और यह सुनिश्चित कर रहे थे कि हर कार्य पर अत्यंत सावधानी और ध्यान से किया जाए।

एलेक्स और लॉरेन ने खुद को इस तूफान में बहते हुए पाया, जहाँ भी संभव था, उन्होंने मदद की और इस बात पर आश्चर्यचकित थे कि उनके प्रियजन उनके सपने को साकार करने में मदद करने के लिए एक साथ आए थे। कभी हंसी और कभी-कभी हल्की घबराहट भी हुई, लेकिन इन सबके बावजूद, वे दृढ़ रहे, उनकी आँखें बंद थीं और उनके दिल एक साथ थे जैसे वे तूफान का सामना कर रहे थे।

जब अंतिम रूप से सब कुछ तय हो गया और मेहमान आने लगे, तो एलेक्स को घबराहट होने लगी। यह वह क्षण था - जिसका वे महीनों से इंतजार कर रहे थे, वह क्षण जब वे अपने सबसे करीबी दोस्तों और परिवार की मौजूदगी में एक-दूसरे के प्रति अपने प्यार और प्रतिबद्धता का संकल्प लेंगे।

जब वह कमरे के सामने खड़ा था, उसकी निगाहें अलंकृत दोहरे दरवाजों पर टिकी थीं, एलेक्स ने महसूस किया कि लॉरेन का हाथ उसके हाथ में आ गया है, और उसने

मुड़कर देखा तो उसकी आँखें उत्साह और आश्वासन के मिश्रण से चमक रही थीं।

"तुमने यह कर लिया, मेरे प्रिय," उसने फुसफुसाते हुए उसके हाथ को हल्के से दबाया। *"हमने यह कर लिया है।"*

एलेक्स ने गहरी सांस लेते हुए सिर हिलाया। संगीत की आवाज़ तेज़ होने लगी और दरवाज़े धीरे-धीरे खुलने लगे, लॉरेन अपनी पूरी चमकती हुई खूबसूरती में नज़र आई। समय रुका हुआ लग रहा था जब वह गलियारे से नीचे जा रही थी, उसकी आँखें लॉरेन की आँखों से मिल गई थीं, और एलेक्स ने महसूस किया कि उसकी साँस उसके गले में अटक गई है, वह अपने प्यार की गहराई और उस पल की विशालता से अभिभूत था।

जब वह आखिरकार उसके पास पहुँची, तो एलेक्स उसे अपने करीब खींचने की इच्छा को रोक नहीं सका, उसकी बाहें उसे एक कोमल आलिंगन में ढँक रही थीं। *"तुम दिलकश हो,"* उसने बड़बड़ाया, उसकी आवाज़ भावनाओं से भरी हुई थी।

लॉरेन ने उसे देखकर मुस्कुराया, उसकी अपनी आँखें खुशी के आँसुओं से झिलमिला रही थीं। उसने कहा *"और*

तुम, मेरे प्रिय, सबसे आकर्षक आदमी हो जो मैंने कभी देखा है।"

जैसे ही उन्होंने अपनी बातें साझा कीं, उनकी आवाज़ें कच्ची ईमानदारी और उनके साझा इतिहास के भार से कांप रही थी, एलेक्स और लॉरेन को लगा कि उनके आस-पास की दुनिया फीकी पड़ गई है। उस पल में, ऐसा लगा जैसे वे अस्तित्व में केवल दो लोग थे, उनकी आत्माएँ प्रेम और समर्पण के नृत्य में एक दूसरे से जुड़ी हुई थीं जो समय और स्थान से परे थी।

जब समारोह समाप्त होने को आया और उनके प्रियजनों की तालियों की गड़गड़ाहट से वातावरण भर गया, तो एलेक्स और लॉरेन ने खुद को बधाई और शुभकामनाओं के भंवर में बहते हुए पाया। वे भीड़ के बीच से आगे बढ़े, उनके हाथ एक दूसरे से कसकर जुड़े हुए थे, एक ऐसी चमक के साथ चमक रहे थे जो पूरे कमरे को रोशन कर रही थी।

इसके बाद जो रिसेप्शन हुआ वह एक आनंदमय उत्सव था, जो हंसी, संगीत, प्यार और खुशी से भरे कमरे को संक्रामक ऊर्जा से भर रहा था। एलेक्स और लॉरेन मेहमानों की भीड़ के बीच शान से आगे बढ़े, दिल से गले मिलने और शांत क्षणों के संबंध को साझा करने के लिए रुके, लेकिन उनकी आँखें एक-दूसरे से नहीं हटीं।

जैसे-जैसे रात ढलने लगी और शुभचिंतकों में से आखिरी ने विदाई ली, एलेक्स और लॉरेन ने खुद को अकेला पाया, वे बालकनी पर हाथ में हाथ डाले खड़े थे, जहाँ से टिमटिमाते शहर का क्षितिज दिखाई दे रहा था। अपनी पत्नी की ओर मुड़ते हुए, एलेक्स ने भारी भावनाओं का अनुभव किया, उसका दिल इतने शुद्ध और गहरे प्यार से भर गया कि उसने उसे निगलने की धमकी दी।

"मैं तुमसे प्यार करता हूँ, लॉरेन," "उसने फुसफुसाते हुए कहा, उसकी आवाज़ भावनाओं से भरी हुई थी। *"मैं जो कुछ भी हूं और जो कुछ भी रहूंगा, उसके साथ।"*

लॉरेन की आँखों में खुशी के आँसू चमक उठे जब वह उसके गालों को सहलाने के लिए आगे बढ़ी, उसके अपने शब्द उसकी भावनाओं की गहराई को प्रतिध्वनित कर रहे थे। *"और मैं भी तुमसे प्यार करती हूँ, एलेक्स। हमेशा और हमेशा।"* उसने कहा।

उस पल में, जब उन्होंने तारों भरे आसमान के नीचे एक कोमल चुंबन साझा किया, एलेक्स को पता था कि वह यात्रा जो कभी अनिश्चितता और पछतावे में डूबी हुई थी, अब अनंत संभावनाओं से भरे भविष्य में खिल गई थी। साथ में, वे आगे आने वाली किसी भी चुनौती का सामना करेंगे,

उनका बंधन पहले से कहीं ज़्यादा मज़बूत है, और उनके दिल हमेशा के लिए एक वादे में एकजुट हैं।

जैसे ही उन्होंने शहर को देखा, एलेक्स इस बात पर आश्चर्यचकित हुए बिना नहीं रह सका कि कैसे उनके जीवन का चक्र पूरा हो गया था। वह हलचल भरा महानगर जो कभी उनके संयोगों और छूटे अवसरों की पृष्ठभूमि हुआ करता था, अब वह कैनवास बन गया था जिस पर वे अपने साझा भविष्य की उत्कृष्ट कृति को चित्रित करेंगे। और उस पल में, एलेक्स को अटूट निश्चय के साथ पता था कि दुनिया में उनके लिए चाहे जो भी हो, वे उसका सामना एक साथ करेंगे, उनका प्यार एक ऐसा प्रकाश स्तंभ है जो उन्हें सबसे बुरे समय में भी मार्गदर्शन करेगा।

संतुष्ट आह भरते हुए, एलेक्स ने लॉरेन को अपनी बाहों में भर लिया, उसे अपने करीब खींचा और उसके आलिंगन की गर्माहट का आनंद लिया। जैसे ही वे दूर से संगीत की ध्वनि के साथ धीरे-धीरे झूमे, एलेक्स ने कृतज्ञता और शांति की गहरी भावना महसूस की। क्योंकि इस पल में, उसे पता था कि उसने वह एक चीज़ पा ली है जिसे उसने कभी सोचा था कि वह हमेशा के लिए खो चुका है - उसके जीवन का प्यार, उसका जीवनसाथी, उसका सब कुछ।

और जब वे वहाँ खड़े थे, शहर की रोशनी की चमक और अनंत संभावनाओं से भरे भविष्य के वादे में नहाए हुए,

एलेक्स को पता था कि उनकी कहानी अभी शुरू हुई है, एक ऐसी कहानी जो संयोग और दूसरे अवसरों की शक्ति की है जो उनके जीवन के बाकी हिस्सों में भी जारी रहेगी। उस पल में, शहरी अराजकता के बीच, उन्हें सबसे सच्ची सुंदरता मिली - प्यार के स्थायी आलिंगन की सुंदरता और भाग्य के खेल का आकर्षण, संयोग की कृपा की शांति के साथ जुड़ा हुआ।

*****

लेखक की ओर से हार्दिक विदाई और समर्पण

जैसे ही आप **'सेरेन्डिपिटीज एम्ब्रेस - ए लव इन द सिटी "** का अंतिम   पृष्ठ पलटते हैं, मैं इस यात्रा में मेरे साथ चलने के लिए हार्दिक आभार व्यक्त करता हूँ। आपकी उपस्थिति ने कथा को समृद्ध किया है और इन पृष्ठों के पात्रों को जीवन दिया है।

मैं आपके समय और ध्यान के लिए अपनी गहरी प्रशंसा व्यक्त करना चाहता हूँ। आपका समर्थन और प्रतिक्रिया मेरे लिए बहुत मायने रखती है और इसने मुझे कहानी कहने और कविता के लिए अपने जुनून को जारी रखने के लिए प्रेरित किया है।

अंत में, मैं अपने संग्रह (इकोज ऑफ़ द सोल) से दो हालिया कविताएँ आपको समर्पित करना चाहता हूँ:

1. **"व्हिसपर्स ऑफ़ द हार्ट"** - इस कविता में, दिल की कोमल फुसफुसाहट प्यार और लालसा का सार प्रतिध्वनित करती है। यह आपकी आत्मा के साथ प्रतिध्वनित हो और आपको क्षणभंगुर क्षणों में मिलने वाली सुंदरता की याद दिलाए।

2. **"विंग्स ऑफ़ फ़्रीडम"** - यह कविता स्वतंत्रता की अदम्य भावना और सीमाओं से परे मौजूद असीम

संभावनाओं का जश्न मनाती है। यह आपको अपने पंख फैलाने और नई ऊंचाइयों तक पहुंचने के लिए प्रेरित करे, अपने भीतर असीम संभावनाओं को गले लगाए।

इस यात्रा का हिस्सा बनने के लिए एक बार फिर धन्यवाद। इन पत्रों में साझा की गई कहानियाँ और छंद आपके दिल में किताब बंद करने के बाद भी लंबे समय तक बने रहें। जैसे ही यह पुस्तक अलविदा कहने के करीब है, मैं आपको अपने निजी इंस्टाग्राम अकाउंट, **@mr80_atul** के माध्यम से जुड़े रहने और मेरे हैंडल, **@lunaticmindverse** पर कविताओं की दुनिया में डूबने के लिए हार्दिक रूप से आमंत्रित करता हूं, जब तक कि हमारे रास्ते एक बार फिर से क्रॉस न हो जाएं।

बहुत-बहुत आभार के साथ

अतुल तिवारी

Echoes of the Soul

Whispers of the Heart

Seeing you, my heart whispered, 'On the path of
life, I found my destination;
Your innocence, that blossoming smile, that
unknowing grace, touched my heart deeply;
I couldn't meet you, but in my thoughts, you
exist, hence these thoughts are dear to me;
The words of my heart were written in my eyes,
nut alas, you couldn't read them.

Wings of Freedom

In the boundless expanse of the sky, we birds, in
freedom's realm, will fly.
No cages can hold our spirits high, against all
odds, we'll take to the sky.
Though thirst and hunger may weigh us down, in
freedom's pursuit, we'll not drown.
For the bitter taste of freedom's crown, far
outweighs the chains that hold us bound.
In gilded cages, our flight may falter, but dreams
of freedom, we will not alter.
For beneath the moon's soft, silver halter, we
yearn for skies where dreams don't alter.
To azure heights, our dreams extend, where stars
and dawn's embrace blend.
With outstretched wings, our spirits ascend, in
the pursuit of freedom, without end.